牛年的礼物：剪纸中国·听妈妈讲牛的故事

牛郎织女

图、文：于平　任凭

主编：赵镇琬

新世界出版社
NEW WORLD PRESS

剪纸与我们有缘。

有个牛娃叫牛郎，从小没了爹和娘，
终年与牛相为伴，相依为命住山上。

有天晚上刚躺下，老牛开口讲了话，
牛说天上有七仙，明日下凡到人间。

次日早晨天刚亮，老牛大声喊牛郎，
牛说仙女已下凡，快去河边看一看。

牛郎与牛到河边，果见河中有七仙，
七位仙女在河中，戏水弄波舞翩翩。

牛说七仙住天上，要让牛郎细端详，
如果相中哪一位，快去把她衣服藏。

牛郎细看每一位，看中那位七妹妹，
按照老牛的指点，把衣藏进树丛内。

七仙返天时辰到，七妹衣服不见了，
其他六位已上天，七妹不知如何好。

牛郎前去送衣裳，老牛来把媒人当，
羞得七妹山后藏，她说同意嫁牛郎。

牛郎七妹入洞房，媒人老牛不能忘，
给牛戴上大红花，屋里屋外喜洋洋。

牛郎七妹成了家，男耕女织成佳话，
牛郎织女成故事，故事传遍千万家。

剪纸练练手 · 双喜

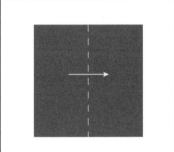

1.红纸一张

2.对折（注意对称）

3.画上"喜"字的形状

4.用剪刀剪出形状，打开

5.用裁纸刀镂空

6.恭喜恭喜！！！

牛郎织女

一三

剪纸姻缘

　　说起剪纸，大家都不陌生，因为中国是剪纸艺术起源最早的国家。中国的剪纸起源于汉，到了南北朝时期已相当精熟，而真正的繁盛时期是在清代中期以后。直到现今，在乡下民间还能见到红红火火的剪纸窗花。可以说，剪纸是中国民间流行最广、覆盖面最大、地域风格变化最多的一种艺术形式。

　　我们两人的绘画之路，就是从剪纸起步的。这条路的起点，是在我们乡下的老家。

　　我们的老家，一个在胶东最东端的荣成，一个在胶东最西端的高密。两地相隔千里，都是胶东著名的民间艺术之乡，也是民间剪纸艺术具有代表性的地方。荣成剪纸是胶东东部粗犷剪纸的代表，特别是用黑色纸剪成的剪纸，在全国都属罕见，这种剪纸主要贴在纸斗上，与红色一样被视为吉祥色。高密剪纸是胶东西部纤细剪纸的代表，其风格与荣成截然不同，高密剪纸是清一色的大红色，且线条纤细，可与工笔线条比美。

　　记得很小的时候，老家每逢过年傍节，家家户户都要剪好多红色的剪纸窗花贴在窗子上。那时的窗子没有玻璃，是用半透明的窗户纸糊在窗子上。然后把窗花贴在窗上，外面的光线一照，满屋子都是红彤彤的。特别是早晨醒来，第一眼看到的就是红红的窗花，会懒在被窝里看上好一会，像看小电影一样。

　　除了窗花，屋里其他地方也贴着不少剪纸，有顶棚花、炕围花，还有纸斗花和饽饽花。这些剪纸都是仰视可望，俯视可见，伸手可摸，转身可触，可以说是随时随地，到处可见。

　　儿时的我们，就是在这样一个环境里耳熏目染。看得多了，也有些好奇，经常拿一块半

画家于平、任凭
伉俪生活照

透明的窗户纸复在上面，用铅笔描下剪纸的图形来玩。久而久之，我们描绘图形的能力就不断提高了，画个小猫小狗小花小草什么的，根本就不在话下。这也许就是我们的绘画启蒙吧，从而使我们喜欢上了绘画这个行当。

长大后，我们一个考进了美术学校学美术，一个借调到县文展馆从事民间美术工作。是剪纸的因缘使我们相识，后来成了一家人。从此我们就开始了全身心的剪纸合作和创作。二十多年来，创作的剪纸已有上千幅，出版了四十余册出版物，大多都是用剪纸创作的。还创作了一幅长达三十八米的《老鼠嫁女》剪纸手卷，上面剪了六百多只老鼠。还有三十三米长的《北方正月》和《山海经剪纸三百二十图》，还有一套《吉祥百图》的明信片，整整一百枚，也是用剪纸创作的。这些剪纸作品除了印成各种出版物之外，还曾在北京、台湾、香港等地和日本、美国、韩国、以色列等国家展出过。

本次出版的《牛年的礼物》，是我们继《鼠年的礼物》后创作的另一套生肖系列读物。采用了染色、拼贴、垫色及拼染结合等四种技法而创作。我们曾计划用十二年的时间画一套完整的生肖系列读物，但这个工程过于浩大，成了一项难以完成的创作计划了。

现今，我们虽已转型从事版画创作，但我们的版画风格是从剪纸元素演变而来。在我们的版画作品中，吸取了很多剪纸的营养，剪纸艺术是我们取之不尽的创作源泉。并且，我们的剪纸创作也没有停止，还在继续研究和创作。

剪纸与我们有缘。剪纸是我们一生中的艺术财富，我们会永远珍惜。

于平、任凭

牛郎织女

在天空上找到牛郎织女

在夏天的夜晚，抬头仰望星空，你很容易就发现了三颗亮星

（夏季星空图，注意：通常星空图上的东西方位和地图上的方位是相反的，应该是左东右西）

☼ 在银河上的那颗大星是天鹅座的天津四（注意它和旁边的几个星组成非常形象的天鹅形状）

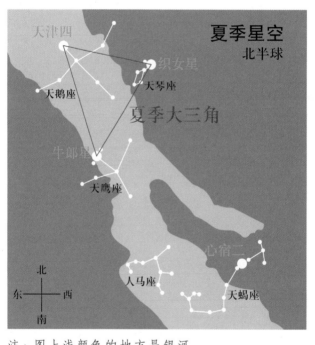

注：图上浅颜色的地方是银河

☼ 西方（右上角）的大星就是织女星

☼ 东南边的大星是牛郎星，牛郎星两边的两颗小星据说是他们的一双儿女，三星合称扁担星

三颗亮星组成"夏季大三角"，是夏季星空辨认星座的"天标"
（凭着夏季大三角，你可以方便的找到夏季星空上的其他星座）

我的目光游走于这形象生动、润色丰厚的画面中，有一种回归童年的欢欣，因而我愿意把这套剪纸丛书推荐给孩子们，以及他们的家长和老师。这是普及审美教育的需要，也是培养民族自豪感的需要。

——金波

一本图画书就是一座小小的美术馆。现在《牛年的礼物》这套图画书出来了，一套四本全是剪纸作品，而且一本一个风格。这真是一种惊喜！原来，我们早就有了一座小小的剪纸美术馆，而且这个小美术馆里还有四个分馆。

——彭懿

只有生长在这片大地上的，如牵牛花这般平凡，但是天天花开花落，陪伴你每一天普通生活的事物、文化，才是你赖以生存的根源。

——艾斯苔尔

小时候，我总梦想着，能去看看外婆的家乡，那里有：温暖的炕头，彩色的窗花，神奇的故事，还有外婆讲故事的声音，那浓浓的山东口音……这套剪纸图画书，让我离那个梦，仿佛又近了一步。

——小书房站长 漪然

美丽的剪纸，传统的主题，中国的味道：这是给中国妈妈和中国孩子的最好礼物。

——新京报书评周刊

网络支持

神农炎帝

shen nong yan di

牛年的礼物：剪纸中国 · 听妈妈讲牛的故事

于平 任凭◇图文　　赵镇琬◇主编

新世界出版社
NEW WORLD PRESS